비가 시를 고치니   좋아라

비가 시를 고치니　좋아라

이도윤 시집

창비

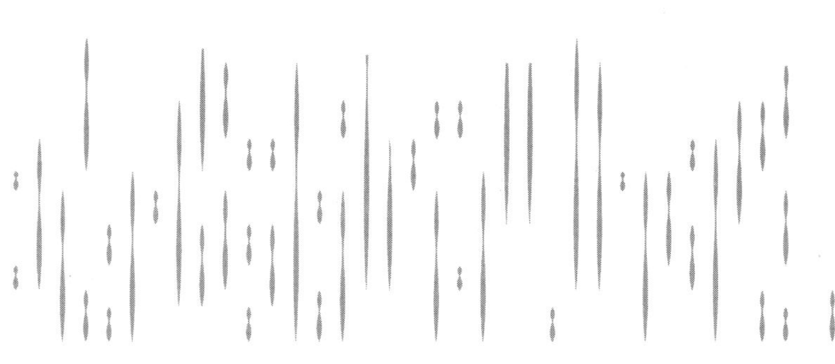

제3부

바다의 액자

제1부

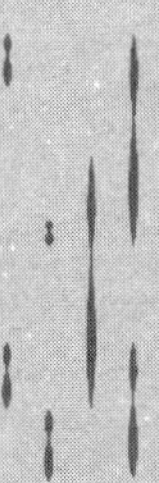

방에 들어온 음악

향기가 꽃을 만든다

향기는 고요한 노래와도 같아
언제나 세상에 머물러 있다
보이는 모든 것은 보이지 않는 것이 만든다는 듯
어둠이 묻은 희미한 새벽빛에
나직이 인사하였다
나는 어떤 향기로 만들어지는가
다시 하루가 온전히 신기해진다
오래전 그대가 했던 말로 그대를 떠올리듯
생각이 쌓여가며 나는 점점 만들어질 것이다
그리움은 형체가 없는데
지는 꽃도 아름답다는 걸
늙어버렸을 너에게 배운다
향기가 언제 다녀갔는지
작약에 꽃잎을 더 붙여놓았다

당신

입도 귀도 닫아버린 연꽃이
자신을 물들여놓았다
고인 물 밤에도 환해진다
소나기 쏟아지던 반짝의 순간
연잎 우산을 받쳐 들고 신난 어린 날
머리만 가릴 수 있어도 좋아라
오늘은 물방울만 한 청개구리 앉아
연잎에게 말해주고 있다
뜨거운 볕 안으려 애썼다고
당신 그늘로 무사했다고

가계부

하나뿐인 아들보다 더

정중히 마지막 삶을 받쳐 든 침대

어머니 떠나 눈물로 들어낸 머리맡

생일과 제사와 결혼의 대소사 차곡차곡 쌓여

한 삶 삐뚤빼뚤 누워 있다

콩나물 되어 가계부에 자라고 있다

조금 더 편히 사시라 어머니 위해 화낸 일

곰곰 생각해보니 내 마음 편하기 위한 일이었구나

걷기 힘든 아픈 몸에 한숨 쉬며

이제 그만 나 좀 데리고 갔으면 좋겠다던 어머니

가계부만 쌓아놓고 출타 중이다

간혹 어머니 안부 누군가 물어오면

궁금해하던 세상 끝 구경 가셨다고 말해주었다

방에 들어온 음악

흰 고양이보다 어린
소녀가 피아노를 친다
음정을 고치고 소리의 간격을 조정한다
옆집은 창을 닫아도
나는 귀를 열어둔다
어린 너는 소리를 배우는 중
더 만져보아라 높낮이가 너를 두드리도록
주저앉아 우는 것이 사랑이다
너는 건반 위를 뛰어다녀라
누르는 곳마다 소리 나는 노래가 된다
서투른 곡이라도 따라 부르자
내 방에 들어온 음악이 나가지 못하도록
나는 너의 노래에 갇히고 싶을 뿐

기다리는 날마다 점점 늘어난 귀
노래는 나에게 와 사ㄴ다ㄹ고
나는 이제 불협화음에 익숙해진다

새순

나 이 세상에 와
의젓한 목숨의 일
참으로 잘한 일 단 하나
푸른 하늘을 향해
마알간 한 점
새끼 낳아놓은 일

눈

나를 볼 수 없는 내 눈은
나에게 너무 멀고
너를 보기에는 너무 가깝다
그리움 오래 담아두려 하였으나
종내 눈물뿐이었다 맺힌 물방울
닫숨에 신비하지만
눈은 무섭기도 하여
내 눈이 혹시 너에게
오래 남을까 걱정되었다

삶은 눈이라는 생각을 하면서부터
나는 나의 눈이 무서워졌다
너의 눈이 부서워졌다

가족

식구가 불어났다 꽃과
돌을 모아놓기 시작하면서
침묵과 생각 사이에 내가 살게 되었다
눈물과 미소 사이
해와 구름 사이
침묵과 눈빛 사이
다 자라버린 언어들이 분가를 한다
거기까지가 나의 옛 식구

다 자라버린 나의 아이들이
새로운 말씀의 가장이 되기 위해 떠난다

가족이란 없어지고 다시 만들어지는 거야
이별을 서러워 않기로 다짐했다
그 대신 한 생이 돌이고
한 삶이 풀인 식구들이
마루에 앉아 서로 울지 않는 가족이 되었다
새로운 식구들의 얼굴이 낯설어지면

나는 다시 너를 들여다보아야 한다
이제는 서로 이름을 불러볼 필요가 없어졌다

비가 시를 고치니 좋아라

시를 고칠 때 비가 오니 좋아라

종이에 쓴 글자들을 툭툭 건드려

사람은 사랑이 되고 마을은 마음이 되고

동일은 통일이 된다

비가 시를 고치니 좋아라

땅에서 스멀거리던 입술들

묘지 위에서 죽은 풀들도

이슬이 데리고 가 구름 되고 또 내려오시네

나의 아비도 빗방울로 다녀가시네

새의 날개로 후루루루 내려오시네

좋아라 다시 만나 좋아라

땅을 기어가던 호박꽃도 옆구리에

빗물 한덩어리 모으시네

풍선

떠오르는풍선에환호한다박수로풍선은손뼉의틈을날아오
른다많이담을수록빨리터질운명으로그는태어난다

내 안에 웃음 가득
내 안에 그대 숨 넘쳐
날아오른다 간지러이
당신이 사랑 불어넣은 내 가슴
나는 부풀어 날아오른다
터지거나 숨이 빠져나가
알 수 없는 곳에 안착하겠지
그것이 한 삶이었다고 쭈그러진 말을 할 거야
내 안에 품은 알 하나
풍선은 하늘에서 부회한다

입관

누구일까
누구일까
처음 본 얼굴
나의 아버지가 아니다
소란한 지상의 인연을 끊은 채
하늘 드높이 얼마나 날아올랐을까
내가 저 창백한 입술의
아들이었다니
기침을 앓던 폐
파랗게 멎어 있네 놀라운 얼굴
오동나무 왕국에 누운
희디흰 얼굴 무섭구나
누구일까 낯설어
마지막으로 들여다본 얼굴

안과 밖

소리와 침묵이 겹칠 때
고요는 소리의 절정
두 손으로 받쳐 든 찻잔에
입김 불어보는 일
모든 것은 흔들려야만 소리가 난다
비밀로 하고 싶었는데
차가 내게 들어와 따뜻해질 때
고요가 내는 소리를 들었다
고요가 흔들렸는지 모를 일이었다

약속

약속을 미루며 살기로 했다
약속을 멀리 두기로 했다
약속 앞에 미리 엎드리기로 했다

그리움은 그림자 없이
아무도 모르게 빈 가슴을 차지한다
손을 흔들지도 못한 채
너에게서 멀어졌다
색 바랜 기다림은 홀로 출렁이는데
약속을 정하지 않았다고
가득 찬 말들이 어찌 비워지리

해가 거뭇해지는 하늘
비가 내리는 것을 잠시 바라보았을 뿐인데
물방울이 실핏줄처럼 소리의 고랑을 만든다
출렁이며 독백을 한다
그리움도 차곡차곡 채워지는지
가슴까지 잠긴 섬이 흐려진다

마음

눈도 코도 입도 없는 마음은
무게도 근육도 힘줄도 없이
말하자면 솜털같이
내 안에 들어 있다
낮잠보다 먼저 감긴 눈 같지만
어느 때는 주먹 쥐고 일어서기두 하고
서성거리다 흥얼거린다
보내지 못하는 편지처럼
어디쯤 놓여 있다 없는 채로 있다

마음은 형체도 없이
날마다 죽은 듯 살지만
너를 만나면 마지오늘뿐이라는 듯
몸뚱이를 만들어 얼싸안는다

날마다

어제를 고쳐 오늘이라지만
오늘을 고쳐 내일이라지만
오늘도 후회를 남겨놓았다
고쳐진 내일에도 이런 발자국
나에게 선명할 것이다
지우며 나아가는 것이 오늘이라는 듯
새로운 해가 나를 깨우지만
우리는 무사히 웃음에 도착할 수 있을 것인가
오지 않는 날들이 희망이라지만
죽기 전 마지막 순간에도
후회할 거야 오늘을

동백꽃

눈만 다녀가신 자리
꽃 한송이 누워 있다
구름 자국 그늘로 내려앉은 자리
해가 다녀가실 때까지
주무신다 뿌리를 떠난 채
웃음 그대로 가만가만 스르륵
희디흰 이부자리 위에 누워계신다

얼마나 아득했을까
허공의 절벽 아래
얼마나 무서웠을까 발아래 거기
내려다보던 자리

한목숨 다해 웃었는데
죽어도 추하지 않아야
꽃이라 부를 수 있지
흰 눈에 내 말이 삼겨노
두 손에 동백꽃 받쳐 들었다

근사한 가을

귀뚜라미가
캄캄한 마당에서 운다
가을이라고
쓰르라미도 운다
그럴 때라고
마땅한 일인데
하늘이 땅에 대고 말한다
너는 별이라 하지만
이것은 눈물이라고
가을바람이 말한다
너의 품이 그립다고

하늘이 혼자일 때
오랜 친구처럼 나는
떠나가는 달에 손짓하였다

제2부

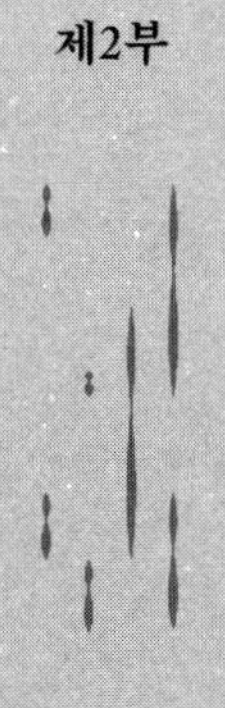

광장의 노래

그물

나는 오늘도 혁명 중이라 쓸쓸한 듯하여
꺼지지 않는 촛불을 들고 너에게로 간다

서울에서 가장 나이가 많다는
서초동 향나무 아래 쭈그리고 앉아
사람의 말을 땅에 내려놓으면
하늘의 그물이 우리의 가슴을 담아 올려 반짝거린다

고려 숙종 때부터 살았다는 너는
스러져간 나라의 이름들을 차례로 기억할 테지
구백살 향나무 아래서도
상식적인 삶은 희망이 되었다
개혁하라
단순한 외침이지만 그 소리는 단단했다

만물은 애당초 서로의 신
조왕신 계시는 부뚜막에
엎드린 불꽃처럼

세상은 함성으로 가득하지만
가버린 것과 오지 않는 것 사이
깃발은 스스로 하늘을 지키는 가시가 된다

점점 빨라지는 세상에 오늘은 찰나라서
늙지 않는 마음이 민망하기도 하지만
만물을 관통하는 윤회의 시간은 모두에게 다르지
나는 무엇과 같이 살고 있는지 알 수 없다

시간은 사랑을 바꾸기도 하는데
사랑이 시간을 바꿀 수도 있을까
지금도 울고 있는 당신에게 간다

명화 극장의 눈물

영화를 보고 난 밤
별이 우리에게 심은 눈은 초롱하다
고라니나 토끼처럼
쟁기를 벗고 팔려가는 소처럼
어미에 매달린 두개의 별
애들이 자라나 걸어가며
자신이 어린 천사였다는 걸 모른다
몸을 부풀리는 밥을 들고
하얀 광목 위를 부끄러움 없이 질주한다
일본 천황의 신민이 된 아비처럼
분단에 묶인 자신의 삶 또한
한편의 영화라는 사실을 잊어버렸다
이미 악당이 되어버린 줄 모르고
포마드 바른 머리를 한 채 근사한 차를 몰며
땀내 고약한 피를 빠는 악마가 된다
끝나가는 한편의 영화를 뻔뻔하게 바라보며
때로는 영화 속 악당에게 분개하며
나는 아니라는 듯 웃어가면서

사람의 모습
녹사평 — 10·29 참사 임시분향소에서

사람 마음에 가시를 심어가며
말이라는 옷을 갈아입는 자
형상을 바꾸는 도깨비다

선거가 끝난 지 얼마 되지 않은 때
유세차에는 구호가 아직 지워지지 않았다
엎드린 공손함이 이리 빨리 방자해졌나
말의 앞잡이가 된 확성기
빨갱이들이 이제는 새끼 팔아 장사하냐고
무단 점거 천막 당장 치우라고
목멘 세상을 욕으로 조롱하는 겨울

입만 큰 검은 머리 짐승
우리는 무엇으로 사나

액자가 되어 눈을 깜박이지 않는 젊은이들
미소 지은 채 도깨비를 바라만 보고 있다

수배

머리에 뿔이 나기 시작했다

도깨비들이 만들어 붙인

허망한 뿔 하나로

괴물이 되었다 빨갱이가 되었다

처단의 대상이 되었다 우리는

가짜를 더이상 용서할 수 없어

그들이 내 이마에 만들어 붙인 뿔에

찬란한 불을 넣었다

빛나는 혁명이 되어

숨지 않고 대낮을 걸어가기로 했다

판결

오랜 기다림
내리치기 전
판결봉의 침묵이
순간 아득해진다

대한국민이 신임을 중대하게 배반한 죄
깃발 위에 앉아 있던 가짜 봉황은
경례 받지 못한 채
그림자로 내려앉고
빛은 손바닥에 쓴 왕(王) 자를
백여년 전으로 순식간에 데려갔다

파면한다

절규의 마지막 한마디
마침내 한 분상이 뇌어
스스로 거북해지는 순간이었다

눈물

가슴에 사는 물방울들이
자라나 분가를 한다
누구는 머리를 풀어헤쳐 떠나고
누구는 말 없는 눈망울
더러 욕설과 저주
어느 날 지상에 안착하기 위해
발버둥 치는 주정뱅이가 되었다
날 선 면도칼의 시간
뒹구는 돌들은 발길에 한숨뿐
바라볼 수 있는 모든 것의 어느 구석
이제야 내 눈에서 방울방울 떠나간다
나의 부처였을까 내 안에 살고 있는 것들
내가 버리고 나를 버리는
유리구슬들
사연도 맑은데
내 안에는 얼마나 많은
물방울들이 아직 살고 있나
너의 눈에도 물방울 맺혀 있다

구두를 신으며

구두 신으며 몸 숙이니
몇 뼘 아래 발가락
하늘과 땅 이리 가까웠다니
머리 위에 두른 하늘이
발등에 앉아 있다

세상을 휘저은 내 웃음과 말
한계 없이 자라 구름 위
구두가 반짝거릴 때도
증명할 수 없는 약속은 너와 나의 일이지만
한뼘 거리의 머리와 신발
고개 들어 문밖 나서며
눈과 발 사이의 거리를 나는 금세 잊어버린다
하얀 횡단보도에서

광장의 노래

2017 새해

목판화 작업실 뒷산에서

깃발이 될 대나무 잘라

김준권 화백은 백곡저수지를 넘고

배꼽까지 키가 자란 붓을 등에 멘 여태명 글씨도

광화문 천리를 주말마다 달려왔다

팔도에 징소리가 울린다

누구도 지울 수 없는 단 한줄

대한민국은 민주공화국이다

민국에서 시작한 민주의 나라

삼천리 비명이 모여 노래가 된다

골목이 광장에 나와 축제가 된다

수평과 수직이 하나로 탑을 쌓고

광장의 상량에 층층이 새겨 넣는다

국민이 주인이다

촛불은 하늘에 촘촘히 박혀 별이 되고

광장에 울린 북소리는 영원하지

바람이 항상 그의 노래이듯

하늘은 우리에게 말을 전하고
새벽이면 별의 말을 물고 온 새들이 날아오른다

촛불 일기

2017. 3. 10.

하늘에서 바라보면 촛불은 지상에 뜬 별

어쩌다 별을 본다 하늘이

땅의 불빛이 하늘에 박혔다

아침이 올 때

주머니에 별을 담아 왔다

광화문에 또

나의 별이 뜰 날 올 것 같아

볕

밤새 쿨럭거리고도

속옷을 빨아 아침에 나온

홀로된 노인의 갈비뼈 사이에 물방울 떨어진다

낭창낭창한 해가 중얼거린다

하루의 절반은 너를 바라본다고

반짝거리며 흔들리는 내의

빛과 빛 사이 그림자 아래

노인도 속옷 널며 중얼거린다

다시 오늘이 가장 찬란한 날이라고

파리에 분개하는 아침

인정사정없는 파리채가

방바닥을 내려치는 아내의 아침

필시 내가 미워서일 거라고

빈속에 커피를 마신다

이장댁 소똥 냄새 무성한 여름

파리는 냄새에게 돌아와

사투리로 두 발을 비빈다

불을 붙이지 않은 담배를 문 채

파리를 쫓아내느라 선풍기를 틀어놓고

장독 곁에 핀 수줍은 봉숭아를 바라본다

언제부터인지 자신들 입으로 당당한

자유 우파라는 말이 낯설지 않다

자유를 외치며 태극기를 흔들어본 적 없이

흰머리가 된 이들은 모두

어처구니없게 제복 앞에서는

한없이 공손한 사람들이었다

선거철이 되면 두패로 갈라져

막걸리를 마시며 싸우던 동네 사람들이

요새는 이상한 대통령을 두둔하며 큰소리를 낸다
다시는 이들과 말을 섞지 않을 결심을 하고 나니
문밖출입이 싫어졌다 이것이 나의 죄다
내가 없는 틈을 타 텃밭에 잡초가 무성해졌다
풀이든 파리든 귀찮은 것들도
가만히 바라보면 매우 정교하여 귀엽다
손을 저어 내쫓기나 할 뿐
파리를 작은 나비쯤으로 여기고 사는 나인데
냄새가 심해지면 파리 세상이 된다고
아내는 방바닥과 벽을 내려친다
도대체 너는 어쩌자는 것인가
한 점으로 말라붙은 핏자국이 점점 늘어간다

도보다리

남북 팔천만
나무다리 위를 동시에 걸었다
널문리 작은 다리 무너지지 않았다
전나무 숲에 숨은 노루랑 토끼
장엄한 풍경을 내다보았다
날개를 단 것들은 이 순간을
참지 못하고 솟구쳤다
삼십분 동안 수억개의 티브이가
선과 악을 판결하고 싶어했다

날개의 균형을 어쩌고저쩌고 말했으나
날개는 얼씨구절씨구로 날아올랐다

서로 손잡고 걸어가본 남과 북
65년 전 얼굴은 지워져가나
남과 북은 그들을 서로 어루만졌다
평화란 선과 악이 한 몸이라는 듯
새는 노래로만 말하였다

신문이 실망하든 말든
남과 북 새소리로 푸근하였다
당신의 말도 나와 똑같았다

여기

밤이면 해가 아기를 낳고 새로운 해가
날마다 여기에 오는 것이라 믿는 내 앞에
어디서 왔는지 풀이 돋아난다
풀잎은 바람에 고개를 흔든다
빌려온 시간의 수레를 반납해야 할 때가
언제인지조차 나는 모른다
나는 그렇게 굴러간다

나는 나인가?

날마다 은총을 바꿔버리는 달은
절반쯤 숨어 물을 끌어온다

하늘이 너무 멀어 그릴 수 없다
하늘이 너무 깊어 그릴 수 없다

내가 걸어 다니는 땅
여기에 새순이 돋아나고 여기에 해가 뜬다

여기에 구름이
여기에 눈물이
여기에 웃음이
여기에 꽃잎이
떨어지다
잠시 머무르는 여기
나는 나의 것인가?

천사의 나팔꽃
세월호를 보다

골목길 화분에는 꽃이 한창인데
평상에 앉은 할머니의 아침을
천사들 비명이 흔들어놓는다
삼백사개의 노오란 꽃이 나팔을 불며
세상을 마지막으로 보려는 듯 거꾸로 매달린다

엄마, 내가 말 못 할까봐 보내놓는다
사랑한다
두 팔 들어 물 위에 새겨놓은
고등학생의 마지막 문자

일어났다 앉았다 골목이 서성이고
놀란 침묵은 탄식이 되었다
잠든 국가는 느려지고
뉴스가 속보를 고쳐가며 애태우는데

꽃이 지는 순간을 바라본 꽃들은
눈을 감아야만 져버린 꽃들의 눈물을 잊는다

천사의 나팔꽃 어이하나
짧게 바라본 세상도 아름다웠다고
봄과 함께 흘러간 너는 한사코 나를 위로하지만
결코 바다가 넘치는 게 아니었다
어느 곳에 담긴 물이든 그는 항상 수평일 뿐
세상이 기울어서 물이 차오를 뿐

판문점

2018. 4. 27.

아기가 첫발을 내디딜 때
마땅한 그 일에 나는 환호하였다
첫걸음에 아기도 놀라고
나의 탄성에 또 놀라 한발 더 나아가는 아이를
친구에게 자랑하며 한잔 사겠다 했다
이날이구나 사람의 첫발
두 발이 하나로 걸어가려
서로가 첫걸음 뒤뚱거릴 때
온 세상에 자랑하며 당신 덕분이라 하였다
나만 새끼를 낳은 것처럼
당연한 것에 취해보는 날이었다
서로 손잡고 웃으며
당연함에 대고 절하는 날이 되었다

다시 부르는 광장의 노래

스스로 눈을 찌른다

귀를 찌른다

어찌 나뿐이랴 티브이도

색을 찌른다 신문도 확성기도

노래도 목을 찌른다

아침이 아침을 지우고

해가 해를 지운다

나무가 새를 날리고

바람이 깃발을 날릴 때

입은 말을 뱉어내고

말은 마침내 신음이 된다

심장에 끓어 터져야 할 화산이 된다

혁명이란 저절로 솟이니 한꺼번에 밀고 기는 것

눈물과 노래로 너의 손을 맞잡을 때

개벽이 개벽을 무너뜨릴 때까지

지금 다시 개벽이다

제3부

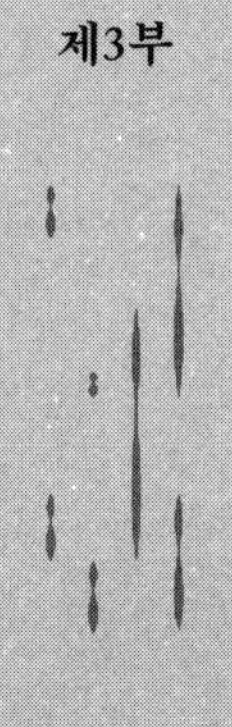

바다의 액자

바다의 액자

소원을 벽에 대고 말하기 시작하면서
바다는 탯줄을 자르고 벽에서 나온다
바다의 색깔은 바라보는 마음이 결정하였다

콩나물 해장국집 긁힌 탁자 위
소주는 맑은 유리병에 수평으로 갇혀 있다
평화나 통일 그리고 진심으로 내민
악수와 포옹의 벅찬 희망 말고도
너를 향해 띄운 하루 생활의 기도
나의 꿈은 이불처럼 뒤척인다

바다를 벽에 걸어두었을 뿐인데
어떤 날은 수직도 휘청거린다
유리창 너머로 너를 기다릴 때
바다는 배를 띄울 것이다
깊어 파래진 노래가 모여 출렁거리고
바다가 낳은 아이는 무인도가 된다
소멸할 때까지 나는 어제 위에 선다

눈을 뜨면 새로운 출발을 해야만 한다
갑자년 자시처럼 캄캄히

나는 언제쯤 용궁에 닿을 수 있을 것인가
울퉁불퉁하거나 높고 낮은 어느 곳
해가 뜨면 언제 그랬냐는 듯 바다는
단숨에 수평을 이룬 채 벽에 걸려 있다

강가에서

봄밤에는 친구들과 강가에 앉아
배꽃같이 수런거리며 술을 마시리
달이 구름에 지워질 때
우리를 따라온 서너개 달 물살에 흘러갈 때
구름아 너는 돌아다보지 마라
달 비늘 윤슬로 반짝일 때
겨울을 이겨낸 봄밤의 꿈이라도 마시리

전설은 오래된 개울 같은 실핏줄
말라버린 샘에 돋아난 질긴 풀 같은 것
술 취한 물이 기도를 올리면
용의 붉은 입술이 달을 핥고 다닌다는데
어둠은 얼마나 오래된 것일까
어둠은 얼마나 깊이 속삭일까
태어나지 않은 것과 침묵의 사이

내 잔에 꽃잎 쌓여 너를 바라다볼지라도
여전히 못 본 척하라

달아 물을 따라 흘러라

우리는 우주에 떠서
서로 광활하다
돌아다보지 마라
마침내 만난 바다에 너를 띄울 때까지

개화

광화문도 안국동도 용산과 한남동도
방방곡곡 동네 깃발도 마침내 마음속으로 돌아가
조용하다 못해 쓸쓸해졌는데
검은 나무들이 옆구리를 치장한다

눈부처 떠난 자리로 올라온 봄
화무십일홍(花無十日紅)이라 해도 참말 좋아요
열흘이면 어때요
약속한 일 없는데 꽃 아래 모였어요
겨울에 낯익은 얼굴들

섬

섬이 사라진다
꿈을 꾼 적 없는데
그리움도 오랜 기억일 뿐
노를 저어가는 섬
비가 하늘로 올라가자 다시 살아난다
섬이 있다가 사라진 것뿐인데
비가 내리는 것을 잠시
바라본 것뿐인데 멍하게 흔들리는
출렁임 어느새 발밑 가득하다

망망한 눈빛으로 멀어지면
등 푸른 물고기가 선을 삼켰다
다시 뱉는다
너와 나의 간격은 통속적이다
흔들리는 물결이다 섬이 생겨날 수 있도록

봄날은 간다

어림없는 날들
너는 세상을 숨기고
나는 화무십일홍을 말한다
매화 아래서 빨리 더
열심히 늙어버려야겠다고 결심한 날

풍경 울리는 처마를 올려다본다
염불처럼 눈 녹은 물이 작은 돌을 굴려가며
버들강아지 되는 소리 듣는다

나는 꽃술에 대고
열흘 동안 내 이름 삼아도 좋으냐고 묻는다
매화 아래 가부좌한 봄을
합장으로 마중한다

돌탑

삶은 돌에게도 빈다
정화수에 들어앉은 달에게
엎드려야지 삶은

내가 보는 별과 당신
우리는 같은 시간 위에 놓여 있지 않다

바람이 발가락을 조심조심 들어 올려
돌과 돌 사이를 노래로 메운다
나는 언제 돌아와 돌 하나로 공손해질 수 있나
두 손 모을 때마다 탑이 되어가는 돌은
오래된 마음을 조곤조곤 전해준다

스스로 털어내 꼿꼿해진 빈산
먹먹한 하늘이 붉게 터져 돌탑에 스며들 때
나는 거대한 침묵 앞에 엎드린다

달력

하루를 겨우 견디던 어머니는
해가 바뀔 무렵 큰 숫자의 달력을 찾으셨다

기억만 또렷한 어머니를 위해
나는 겨울의 마을금고를 찾아다녔다

약속도 기다림도 없던 어머니는
열두장의 시간을
가장 밝은 벽에 걸어두셨다

고향으로 돌아가지 못한 채
아들 집에서 머문 지 보름
어머니가 혼잣말을 할 때마다
어두운 방 안에 달빛이 조금씩 차올랐다

숫자들을 바라보며
어머니는 무엇을 찾으려 했을까

빈방을 열면

어머니가 떠나고 멈춘 달력 위로

열두마리 짐승이 가만가만

제 달을 건너가고 있었다

오늘의 운세

부질없는 상상을
끊임없이 하는 것
이것이 생산 없는 내 일상이다

신문지를 뒤적여 너를 찾는다
하늘을 끌어다 땅에 놓아두고
동쪽 끝에서 날아오른 새가
깃털로 땅의 어제를 적어두려 한다는데
열두마리 동물이 내 운명이 되었다
팔자가 옷을 입고 있는 것이 사주란다
계절을 따라가야겠구나

빛을 물어 온 새들이
나의 창으로 날아와
하늘의 말씀 땅에 놓아두려 한다
퍼덕이는 날개에서 너의 소리를 듣는다
밝아오는 너와 함께 일어서고 싶다

해가 배를 드러낸 늦은 아침
신문이 숨겨놓은 오늘의 운세를 뒤적인다
오늘은 평화로운가
오늘은 잘 늙을 수 있는가
오늘은 너마저 기뻐할 수 있는가

분노와 사랑이 운명이다
스승이 된 오성곤 사주 선생과
공부 틈에 담배나 피운다
동쪽 나라 생물은 하늘 말씀 땅에 적어
아직 정해진 것 없단다

거정 없어아겠다 내일이어
한 팔자 필경 한송이 꽃 피우는 일인데
순결한 풀이 억센 잡초가 되어
하늘과 땅 사이 삭은 꽃 피워낼 때까지
오늘 하루도 견디며 산다

훈수

가로세로 똑같이 열아홉줄

허공에 걸린 세상을 들여다본다

흑백이 놓인 자리

걸음마다 놓인 검고 흰 흔적

똑같은 길 걸어갈 수 없다 해도

우리는 걷는다 길을 찾아내며

나는 너의 발자국을 아쉬워하고

너는 나의 걸음에 괴로워한다

멈춘 곳에서부터 시작하라

버려야 할 것

한발짝 떨어져 바라보면 선명한데

오늘은 산 밑이 흐려진다

오늘은 내일의 얼굴

내일은 오늘에게 훈수하며 뒤척거린다

새로 찍을 점 하나 궁리한다

다림질하며

불면보다 더 빨리
높아져야 하는 수면제처럼
내 곁에 누운 위선의 부끄러움
씻어내고 벗어 순결해진 새벽
어질어질한 오늘 다시 입고 나설
웃음처럼 하애야 할 윗도리
구겨진 주름을 펴야지
혁명의 흉내라도 내야지
뜨거운 불이 낡은 깃을 세운다

안개

민주나 자유, 평화라는 말
책이 든 가방을 등에 짊어지고
가난이 가난과 싸우는 동안
살과 살이 멀어진다 입과 입으로

스피커로 국회의원을 뽑는 동안
밀물이 썰물과 부딪히는 소리
거품은 거품과 부딪히고
동네와 동네가 확성기를 들고 온다
명료한 것도 원수가 되어간다

안개보다 빨리 지구가 돌며
미련 없이 분화한다 먼지가 되도록
나는 나로부터 나에게로 가는 중이다
분화되며 나는 여러개의 내가 되었다
나는 나를 여전히 적으로 여긴다
마침내 너를 적으로 여길 것이다

헌책

옆구리 닳은 손때 묻은 책
늙은 눈을 비비자 또렷해진다
명료한 네가 보인다
누군가를 떠나 나에게 온 책
어느 눈에 또 닿으리
사람보다 더 많은 종족
글씨의 광부는 벽을 파내는 중이다

피와 바꾼 자유는 다시 벽 앞에
새롭게 펼쳐지는 넘어야 할 벽
민주와 군자의 도리를 나무라지도 않는다
침묵으로 늙은 수도승처럼
글자의 지팡이를 짚고 선 헌책들은
혁명가이고 전사이며 눈물 가득한 정의의 심판자
낡은 옷 안에 반짝이는 눈을 감추어버린다

너의 가슴 놀아온 노래
나는 조심스레 만져본다

제4부

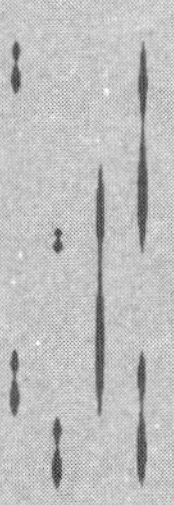

한지에 누운 마음

한지에 누운 마음

머리카락은 올올이 진화하며
머리에 박힌 글씨다
내 머리처럼 창밖에는 새 얼굴
문밖이 벌써
발가락에 막 도달한 시간
나를 들여다볼 때 영혼은 나의 한숨
햇살은 눈물의 올을 엮어 백지가 된다
화선지에 벼루는 닳아가고
먹은 선명한 네 얼굴이 되어
단 한번으로 너를 낳는다
창백한 아침은 우리의 땅에 좌정한다
시간의 비늘이 펼쳐놓은 한지
겹쳐보지 못한 내일 앞에
눈은 울어대며 밝아진다
허공을 떠돌다 돌아온 글씨들이
너의 안부를 묻고 눕는다

좋은 시

주저앉아 우는 그대
낯모르는 당신이 이 시 읽으며
자꾸만 고쳐버리고 싶을 나의 말
너의 말로 고치고 줄 그어버리는
그러지 않고서야 흰 종이가 서러울 것 같은 시
그제야 안심이 되는 너의 말
박박 그어버리고 한줄쯤 남겨놓은 채
아까워한다면 나는 비로소 시인

청려장

이돈명 선생님

이 지팡이 짚고 가리
대나무 열매를 먹고
날아오른 아시새 따라
노여움 없는 세상에 가리 한해살이풀
허깨비 빈 몸뚱이 명아주로
무더운 세상을 건너가리
가볍게 짚고 너에게 가리
세상에 내린 판결은 하늘이 내게 내린 맑은 기도
뒷모습마저 불결하지 않기를 빌었다
세 발로라도 너와 함께 웃음을 먹는 점심
육신의 가시를 오므리고
생태탕에 소주 한잔으로
입안에 남은 말 지워가리
닳아버린 법전 같은 수염을 내일에 대고
실없이 웃으리 서로를 기대고 서서
점점 낯설어지는 강남역 사거리
청려장 더듬으며 너에게 가리
세상에서 얻은 짐 모두 내려놓고

문득 떠오른 노래에 박자 맞춰가며
애고대고 타령처럼 가리

진화

신호를 기다리는 동안
노인은 신문지 위에 앉아 진화 중이다
수직으로 횡단하는 건널목 저편
검붉은 주름 주머니에 갇힌 노인이
주문을 외워가며 침팬지가 되어간다
그의 가게는 낡은 유아차
우산 수리 글자 아래 등 굽은 짐승은
신문을 펼쳐 들고 돋보기로 오늘을 점검 중이다
늙은 갈비뼈 같은 우산살이
유아차 밖으로 태평한 발을 삐죽 내밀고 누웠을 뿐
여의도에 내리는 비를 피하기 위해
누구도 노인의 시간을 머리 위에 올리지 않는다
부러진 우산을 버리며 살아갈 뿐
나도 나의 시간을 고쳐본 적이 없다
쌀과 술과 휴대전화로 발효하는 일상은
뒷굽을 단 구두보다 무거운데
신호등은 붉으락푸르락 얼굴을 붉힌다
노인은 불빛 아래 웅크린 채 진화 중이고

나는 횡단보도의 엄격한 선을 밟은 채

다음 신호까지 그를 바라본다

이별

남천 송수남 선생님

문풍지 울어 겨울은

초승달처럼 웅크려도

눈을 감은 창호지에는 남쪽 하늘

붉은 매화꽃 한 가지

얼음이 스미는 고향 언덕

풍경에는 강이 흐른다

삶은 호방한 물과 같은 거야

내 너무 오래 떠돌아

빛의 색으로만 고향을 다녀오고는 했지

미리 말해놓는데 나 죽으면 울지 마라

오려거든 멋진 옷을 입고 와 노래하며

큰 웃음으로 기쁘게 나를 보내줘

그림 한점 네가 보관해야겠다

청매화 걸어두고 바라볼 사람은 너라며

이른 봄 꽃을 내어주던 평창동 집은

견고한 옛 성처럼 고요하였다

그가 세상에 속았다는 소문이 간간이 들리기도 했지만

마지막 삶을 고향에서 지내고자 했던 화가는

잠깐 살았던 고향을 떠나
다시 타향으로 실려 왔다
유언 같은 그의 말을 생각하며
붉은 넥타이를 맨 나는
장미 한송이에 소주 한병 들고
신촌 장례시장으로 그를 찾아갔다
이별이 온통 울긋불긋하였다

어린이 시인

여의도가 사람 사는 동네로 바뀔 때
비행장 없어지며 세운 12층 집
시와 고요해져가는 시인이 머물렀다
옆 동의 선생님을 간간이 마주칠 때면
애기 안고 누운 어머니
돌조각상까지 걸어가고는 했다

흰 수염 곱게 다듬은 시인을
장난기와 호기심 가득한 애들이 따라다니며
할아버지 구상 시인이죠? 맞죠?
말 안 해도 다 알아요 시인 시인 시인
아이들 소리가 놀이터를 뛰어다녔다

아니야 아니야 아이고 이쁜 우리 아가들
너희가 시인이다 네가 시인이야
손사래 치는 노시인의 미소 뒤로
모든 게 놀이가 된 신난 아이들 소리
시인의 등 뒤에 묻었다 떨어진다

당신

하늘 바라보고 안간힘 쓰던
땅이 꽃을 낳았다
당신이 그리 나에게 왔다

벽

나는 마루에 앉고 아내는 식탁에 앉고
티브이는 벽에 앉고
거만한 자세의 담배는
내 입에 앉아 있다
불을 건너는 자욱한 연기
입안에 고인 생각이 혀끝에서 꾸물거리는 날
독한 담배는 언제쯤 내 입을 떠나나
나는 벽을 바라보고 쓸데없는 말을 중얼거린다
태풍은 본디 고운 바람이었다
펄럭이는 깃발을 양손에 들고
아직도 광화문을 어슬렁거리는 확성기 옆
나무는 미동도 없이 하늘에 앉아 있는데
새 눈은 유리창을 뚫고
곧 나를 바라보겠군

화가의 술잔

화가 여운

한 생명의 죽음
지구의 끝이다
둥근 지구는 사각형이 된다
한번 가면 돌아올 수 없는
죽음은 폭발해버린 지구
세상의 멸망과 같다

한개의 씨앗이 하늘과 만나는 일
그의 생애가 공기가 되고
한순간 짧은 곡이 된다
그러니 엎드려라 곧 신이 될 사람들아
삶은 술 한잔 만드는 일
나는 오늘도 뜨거운 불 위에서
증류주 한방울 되어간다

거룩한 손

추모연대 박중기 선생님께

고물상 헌쇠

구십 평생 철근 한덩어리

녹슨 곳마저 핏빛으로 번졌구나

외침이 사그라지고 정만 남은 곳

그 눈물에 주름진 볼 비비며

먼저 떠난 세월 탓도 없이 비석 앞에 엎드리시는구나

고물상에 모인 쇠붙이들처럼

정갈한 기도들이 짓밟히며 걸어온 길

우리는 자랑스레 당신을 헌쇠라 부른다

그대로구나 사람의 도리

달력을 수없이 바꿔가는 정치와

부산스러운 자본의 이기적 난동 앞에

당신은 역사의 비석을 세우려 하는데

몸은 귀 멀어 말씀을 잊어간다

우리 땅에 뭉툭한 쇠가 되어버린 이여

사람 되어 사람으로 살자

한세상 사람으로 남으라 하시는구나

수만개의 화살이 뚫고 가도
상처마다 다짐뿐인 당신
한목숨 헌쇠 되어버렸구나

통화

아침 일찍부터 부재중 기록이 세번 남은 후에
다시 강연균 화백이 전화를 해왔다
자네 전화도 잘 안 받고
겁나게 바쁜갑네이
전화기에서 쩌렁쩌렁하고 따뜻한
고향이 튀어나왔다 고목의 새순 같은
순결한 웃음이 환해진다
자네 소식이 궁금해서 전화했네
서로 울고 웃으며 안아주던
사람에 대한 기억이 고향이다
내 발자국 없이 친근한 목소리만 남은 고향
나는 목소리를 부여잡고 서성거린다
일전에 자네가 나랑 남광주 시장에서
점심 먹다가 막걸리 주전자 밑에 코 박고 자버릴 때
자네 시 쓰는 후배들 있어서 내가 먼저 일어서부렀는디
그후로 얼마 안 있다가 나도 뇌경색으로 쓰러져서
병원에 한달 있다 인자 나왔네
지금은 불편한 디가 없어 바로 병원으로 옮겨져 다행이제

아차 했으면 그림하고도 이별할 뻔했네
붓을 못 잡는 것이 젤 큰일인디 겁나게 다행이여
근디 병원에 누워 있을 때 자네 생각이
나드란 말이시 다들 떠나불고 인자 통화할
사람도 몇명 없응께
아이고 선생님 천만다행입니다 그래도 늘
건강을 바라보셔야 합니다
그래야제 그래야제 언제 광주 안 온가?
오면 전화하소이
걱정하고 또 안심하는 것이 고향이라
고향은 늘 비와 눈이 오거나 흐리고 해가 뜬다
오늘은 비에 젖은 고향이 밝은 햇살에
깨복쟁이로 몸을 말리는 게 보인다

천국의 사진

당신은 생각을 사진으로 찍을 준비가 되었나요
눈앞의 광경이 머릿속에서 물구나무선 모습을
순간에 포착하세요
상상을 찍을 수 있는 날 올 것 같은데
우선 지금은 흔들리는
수평선이라도 찍어주세요
무혈혁명이 끝나면 아리랑을 불러요
목소리가 낼 수 있는 가장 높은 음
오선지 줄 밖에서 울고 싶어요
그러면 수많은 깃발이 집으로 돌아가
돌보지 않아도 잘 자라는 쪽파처럼
마당 곁에 모여 키를 키울 거예요
모든 사람이 스스로 신이 된 세상
그러니 나는 문 앞에서 늘 서성거려요
문마다 붙은 붉은 부적
어쩌다 손잡이를 열고 방을 기웃거리면
흙이 없이 자라는 종이꽃은
시들지 않아 무서웠어요

나는 당당한 웃음 편이거나 눈물 편이에요

당신 편이기도 아니기도 해요

그러니 사실 누구 편도 아닌 것 같아요

백지장 같은 가슴은 단순해요

사랑도 기억으로 변하면 한장의 사진이 되지요

아주 오래전 책의 여백에 써준

바다 위에 뜬 배에 나와 단둘이 타고 출범한다는

당신의 글씨를 책에 박힌 활자처럼 읽기도 해요

볼 수 없어도 사진 한장이면 그때로 돌아가요

높이를 알 수 없는 하늘 지붕

커다란 하나의 집에 같이 사는 것이지요

빈 배가 떠도는 바다는 출렁이며

해를 품고 건너편에 달을 낳았지요

햇볕을 가리고 서서

당신은 상상을 찍을 준비가 되었나요

배의 중심에 선 놓 사신을 한상 올려주세요

저는 아직 광장에 있어요

태극기도 모자라 미국

심지어 이스라엘 깃발까지 들고 나온 한 무리가
지나간 생각을 찍은 사진을 내어놓으라 외칠 때
깃발 위로 계수나무 노랫소리가 달에서 들려요
남아 있는 우리는 날개를 편 학의 깃털이라
날아오르려면 흩어질 수 없어요
새벽이 오면 삼족오 되어
눈부신 빛 속으로 솟구쳐 태양의 흑점이 될 거예요
아직은 떠날 수 없어요
언젠가는 야생마를 타고 바다를 건너
당신에게 갈지 몰라요
간유리에 비친 나팔꽃 같은 아침이면
소금기 많은 머리카락을 잘라내고 싶은
격정의 시간이 올지 몰라요
가버린 것과 올 것들도 찍을 수 있는 날 오겠지요
그런 사진은 어떤 모습일까요
당신은 생각을 어떻게 찍어야 하는지 궁리하지만
저는 지금을 암실에서 현상해볼게요
개똥밭에 굴러도 이승이 저승보다 낫다는

속담이 친근해졌어요
그러니 수많은 깃발 나부끼는
여기가 천국이라 여겨져요

에어로빅

정병권, 송영희 선생님께

아이들이 물구나무를 서고
공중제비로 원을 그린다
던져진 몸은 십자가가 되기도 하고
세 명이나 다섯 아니 그보다 많아도
허공의 줄은 어긋나지 않는다
대학로 본부 훈련장에는
예의 바른 경례와 함께 직선과 곡선이 교차하고
별을 붙여놓은 둥근 단추에 해가 반짝인다
아이들이 자라 어른이 될 때까지
한평생 에어로빅에 몸담은 사람은
그들이 다치거나 아프지 않기를 간절히 염원한다
여기에 들러 나는 기도를 배운다

아이들이 원을 만들고
두 손을 나란히 편다
무대가 꽉 차도록 자신들을 펼쳤다가
순식간에 하나가 되기도 하는
날렵하고 따뜻한 손뼉

면사포 위에 아이들이 자라고 있다

화가의 붓

홍성담 화백

폭정 아래 굶주린 땅은 몇번이고

저를 갈아엎고 뒤척인다

남으로 남으로 밀려와 머무른 땅

바다에 떨어지는 해를 향해 피를 토하는 섬

파도가 키운 아이는 마침내 뭍으로 올라

맨드라미 색을 짜내 섞고 문질러

단 하나뿐인 섬의 색을 만든다

오월 광주 사수대로 이웃을 그림으로 지키고

밤새워 판화를 만들어 뿌리며 선전대가 된 화가

죽음을 보고 죽음 너머 민주를 그린 붓

죽음에서 시작했는데 무엇을 외치지 못하리

그림으로 막아선 총구 앞

화폭은 우리 땅을 바라본 우주가 된다

꽹과리와 북을 치고 통곡을 껴안은 사람들

죽음에서 시작했는데 무엇을 말하지 못하리

물러설 곳 없는 고향은 맨드라미꽃

엄니의 빈 바구니는 이제 누구 머리 위에 있나

시인의 발

조태일 시인을 떠올리며

허름한 우리의 땅을

당신은 지금도 걷겠지요 오래된 신발로

침묵이 철퍼덕 앉으면 담배 한대 피워요

풀꽃 옆에 엉덩이 털고 일어날 때쯤

불을 끄고 주머니에 절반 넣어두시고요

한없이 걸은 역사

뒤축 닳은 신 나란히 벗어두신 것 생각났어요

누군들 편하고 싶지 않겠어요

굵은 철조망

지금은 몇번이고 넘어

천지 지나 압록에 닿으셨겠네요

흙의 고향 이름 없는 풀은 우리 땅에 오고

고구려적 말을 글씨로 혼자 써보겠지요

맨발로 걷다 사삭스러운 입술이 무색해지도록

주머니에 넣어둔 절반의 담배를 꺼내시겠네요

먼저 통일에 도착했을지라도 기다리지는 마세요

맨발로 가신 길 우리도 터벅터벅 걷고 있으니

땅은 마침내 당신이 거기를 향해 걸었다는 것 알아요

친구

삼성탑치과 한국재 원장께

김대중 내란음모사건에 엮여

늦게 의사가 된 친구의 치과에 와서야

나는 나를 들여다본다

마음 놓고 찍힌 해골

썩어야만 드러나는 머리통

생각이라고는 담고 산 적 없다는 듯

속을 도려낸 뼈뿐인데 무섭지 않다

거기에 박혀 뿌리까지 드러낸 이

이 사이에 덜 닦인 말이 끼어 있을 뿐

나의 믿음은 오래된 일

친구가 사랑니를 쉽게 뽑아낼 때

치과에 울리는 낮은 노래가 순간 멈춘다

허전한 것이 어찌 벌린 입뿐이랴

올 때마다 이 뽑고 옛정이나 심었다고

친구끼리 무슨 돈이냐며 몰아내는데

걸음 떨어지지 않아 돌아봐도

시간은 나보다 빨리 늙는다

군인의 칼

박정훈 해병대 군인에게

출세도 지워질 웃음이다

권세도 벗겨질 옷이다

어둠에서 빛을 향해 흔드는 요령 소리

부끄러운 별은 당골네 붉은 천으로 흔들리지만

어느 세상일지라도 하늘에 두 손 올리지만

기도는 얼마나 어려운 일인가

스스로 물어보았을 것이다 네 세상 무엇인지

어째서 반짝여야 하는지

무엇을 위해 계급장은 빛나야 하는지

억울하게 죽은 부하 못 본 척할 수 없어

의로움 앞에 병사의 비명을 바쳐 든 사람

너를 자랑하고 싶구나 우리들의 칼

군인이여 밤새도록 눈 떠

새벽 풀 이슬 맨 먼저 군화에 묻히는 사람이여

정의의 가슴으로 우리를 지켜다오

그렇지 않다면야 누가 너를 따르겠느냐

옆구리 갈비뼈도 칼이 된 사람아

마음

주름투성이 몸에 들어앉은
마음은 왜 늙지 않는가
어떻게 생겼는지
어디에 스며 있는지
아장거리는 아침 햇살에
비틀거리며 손뼉 친다
숨어버린 마음 곰곰이 찾다가
그림자 등에 짊어진 은목서
향기가 받쳐 든 꽃 보며 고개 끄덕인다
꽃도 몸을 뚫고 나온 마음일 거라고

향기쯤 나도 마찬가지라는 듯
늙은 밤나무 크게 웃어가며
마음 떨군다
밤 한 톨 반짝거린다

기도

땅에서 쫓겨난 선생들이 술이나 한병씩 들고 북한산이나 두런두런 오를 때 벌써 이리됐나 지팡이 쉴 때마다 모자나 걸어두었다 모두 나이 들어 술심부름할 젊은것 없어지자 무뚝뚝하기 그지없어 말수가 적은 대선배 시인이 서른이 갓 된 나에게 거시기 산악회에 들어오라고 전화를 서너번 하신 후 나는 그들의 막내기 되었디 발밑 풍경은 장쾌히여 신은 땅의 하소연을 너그러이 품어주었다 그날도 그런 날이었다 술 취해 북한산 외길 능선을 내려오는데 산을 오르는 김수환 추기경 일행과 딱 마주쳤다 거시기 선생들은 서로 잘 아시는 듯 추기경과 인사를 하고 손을 맞잡았는데 술 취한 나는 어린 고라니처럼 무릎을 접고 큰 소리로 주기도문을 올렸다 추기경께 기도문을 외우는 풍경에 우리 일행 모두 깔깔거리는 동안 추기경의 두 손이 내 머리를 감싸인있다 이럴 때 외운 주기도문은 이렇듯 바쳐졌다 세례명이 뭐냐고 물으시는데 세례를 받은 적 없다 고백하였다 소나무 위 하늘이 높고 한없이 맑은 날이었다

호명

불러야 할 이름이
저녁 빛처럼 늘어난다

부딪힌 말들이
추락한 새가 되어
종이 위에 고요히 멈추고
흩어진 소리는
각자의 귀로 돌아간다

골짜기 끝에서야
나는 너를 불렀다

소리를 삼킨 나무들은 숲이 되고
듣지 못한 이름을
바람에게 건네준다

굽은 황톳길
노인이 홀로 걸어갈 때

새봄

누가 먼저 불렀는지

빈산에

잎보다 먼저

진달래 핀다

시라는 비가 닿는 곳

구중서

이도윤의 시에는 비가 많이 내린다. 안개가 올라 구름이 되고 구름은 별의 눈물이 되어 땅으로 돌아온다. 비는 적시고 출렁이며 모든 형체를 지운다. 이도윤의 시에 나오는 이야기다. 상선약수(上善若水), 노자가 "가장 좋은 것은 물과 같은 것"이라고 했다. 비가 곧 물이다.

이렇게 생각하면 이도윤의 시를 과학적 논리를 들어 관념화할 필요도 없을 것 같다. 과연 이 시인은 자신이 시를 쓰는 작업에도 비를 끌어들인다.

시를 고칠 때 비가 오니 좋아라
종이에 쓴 글자들을 툭툭 건드려
사람은 사랑이 되고 마을은 마음이 되고

동일은 통일이 된다
비가 시를 고치니 좋아라
땅에서 스멀거리던 입술들
묘지 위에서 죽은 풀들도
이슬이 데리고 가 구름 되고 또 내려오시네
나의 아비도 빗방울로 다녀가시네
새의 날개로 후루루루 내려오시네
좋아라 다시 만나 좋아라
땅을 기어가던 호박꽃도 옆구리에
빗물 한덩어리 모으시네
—「비가 시를 고치니 좋아라」 전문

　비는 그저 대기의 수증기가 엉겨 물방울로 내리는 현상이 아니다. "비가 내리는 것을 잠시 바라보았을 뿐"인데 "기다림은 홀로 출렁이"고 "그리움도 차곡차곡 채워"져 "가슴까지 잠긴 섬이 흐려진"(「약속」)다. 이렇듯 비는 기다림도 되고 그리움도 된다. 물은 시인의 일상 모든 것과 이어져 있다.

　안개와 비로 모든 형체를 흐리는 듯하다가 내면의 본질로부터 마침내 구체성을 검증하려는 데에 이도윤 시인의 본색이 있는 것인가. 다만 이 검증은 분리해 나열하려는 심산은 아니다. 내면에서 솟아나는 생명의 리듬을 만져보려는 것이다. 그리고 이것은 독점이 아닌 공유이다.

흰 고양이보다 어린

소녀가 피아노를 친다

음정을 고치고 소리의 간격을 조정한다

옆집은 창을 닫아도

나는 귀를 열어둔다

어린 너는 소리를 배우는 중

더 만져보아라 높낮이가 너를 두드리도록

주저앉아 우는 것이 사랑이다

너는 건반 위를 뛰어다녀라

누르는 곳마다 소리 나는 노래가 된다

서투른 곡이라도 따라 부르자

내 방에 들어온 음악이 나가지 못하도록

나는 너의 노래에 갇히고 싶을 뿐

기다리는 날마다 점점 늘어난 귀

노래는 나에게 와 사그라들고

나는 이제 불협화음에 익숙해진다

—「방에 들어온 음악」 전문

리듬의 탄생, 이것은 언어 이전의 시이다. "옆집"의 리듬
을 공유하며 이도윤은 혼자만의 것이 아닌, 함께 호흡하는

시로 나아간다.

> 엄마, 내가 말 못 할까봐 보내놓는다
> 사랑한다
> 두 팔 들어 물 위에 새겨놓은
> 고등학생의 마지막 문자
>
> (…)
> 짧게 바라본 세상도 아름다웠다고
> 봄과 함께 흘러간 너는 한사코 나를 위로하지만
> 결코 바다가 넘치는 게 아니었다
> 어느 곳에 담긴 물이든 그는 항상 수평일 뿐
> 세상이 기울어서 물이 차오를 뿐
> ──「천사의 나팔꽃」 부분

　'세월호를 보다'라는 부제가 붙은 이 시에서도 시인은 물의 철학 한 대목을 삐뜨리지 않는디. 물은 항상 수평을 유지한다는 것이다. 세월호에 물이 들어간 것은 기울어진 세상이 배를 기울게 했기 때문이다. 차오르는 물에서 헤어나기가 막막해져 마지막으로 엄마에게 문자 메시지를 보낸다. "사랑한다", 비명 대신 한 말이다. 304명의 목숨이 이렇게 하늘로 가서 나팔꽃 천사인 양 거꾸로 매달려 세상을 내려다보고 있다.

영원히 죽는 쪽은 세상을 기울게 한 데에 책임이 있는 사람들이다. 이 책임을 심판하는 역사가 사람들로 하여금 촛불을 들고 시위하게 했다. 행진 내내 철저히 평화를 지키고 밤늦게 헤어질 때는 거리를 청소하기까지 하지만, 군중의 행렬에 함성은 있기 마련이다. 손에는 '이게 나라냐?'라는 팻말을 써서 들었지만 외치는 함성은 '나라다운 나라'였다.

이도윤의 시는 땅과 하늘을 하나로 만드는 비와 안개가 본령인 것도 아니고 한계도 아니다. 비 오는 천지는 생명의 기운이 흐르는 광막한 배경이다. 이 천지에서 세월호의 젊은 넋들은 하늘에 올라 나팔꽃 천사들이 되고 광화문 광장의 함성 역시 하늘에 올라 별들이 된다.

촛불은 하늘에 촘촘히 박혀 별이 되고
광장에 울린 북소리는 영원하지
바람이 항상 그의 노래이듯
하늘은 우리에게 말을 전하고
새벽이면 별의 말을 물고 온 새들이 날아오른다
—「광장의 노래」 부분

이도윤의 시는 촛불 시위의 광장을 우주와 자연에 내재시키고 「판문점」 「도보다리」에까지 나아간다. 시 「도보다리」

의 표현은 과장되어 있다.

> 남북 팔천만
> 나무다리 위를 동시에 걸었다
> 널문리 작은 다리 무너지지 않았다
> 전나무 숲에 숨은 노루랑 토끼
> 장엄한 풍경을 내다보았다
> 날개를 단 것들은 이 순간을
> 참지 못하고 솟구쳤다
> 사십분 동안 수어개이 티브이가
> 선과 악을 판결하고 싶어했다
>
> 날개의 균형을 어쩌고저쩌고 말했으나
> 날개는 얼씨구절씨구로 날아올랐다
>
> ―「도보다리」부분

과장은 기저이다. 남북 정상 두 사람은 2018년 4월 27일 판문점선언이 있었던 장소에서 함께 나무다리를 걸었다. 작은 가설물 같은 나무다리 위를 남북 팔천만이 걸었는데 무너지지 않았나니, 이것은 과장이며 서정인네 노한 신실이다. 그리고 기적이다. 기적은 창조이다. 이것이 시가 할 수 있는 일이자 시의 위대함이다.

2018년 4월 27일은 거짓말 같은 하루였다. 판문점에 그어진 분단선을 북쪽 정상이 걸어서 넘어왔다. 남쪽 정상이 환영하면서 "나는 언제 북쪽엘 가볼 수 있겠습니까?" 하고 묻자 북쪽 정상이 "지금 바로 가봅시다" 하면서 손을 잡아끌어 두 사람이 순간 경계선 북쪽에 발을 디디고 다시 넘어왔다. 그리고 남쪽 평화의 집에서 판문점선언을 발표했다.

판문점선언 자체가 기적이다. 분단체제의 경계를 부정했다는 사실 하나만으로 그동안 얼마나 많은 사람들이 남과 북에서 목숨을 잃었던가. 그런데 이날은 남북 사람들이 아무런 절차도 없이 분단선을 넘어가고 넘어왔다. 기적이 이루어진 것이다.

정치는 그 자체로 만능이 아니며 더 높은 차원의 무엇을 가져야만 한다. 그 무엇이 바로 시이다. 혹자는 "날개의 균형을 어쩌고저쩌고 말"할지라도 "날개는 얼씨구절씨구로 날아"오른다고 시인은 썼다.

좌익이니 좌빨이니 운운하며 개혁적 민주주의자들을 음해한 적폐 세력이 있었다. 그러나 그날의 판문점선언은 종전을 선언하고 세계평화의 길로 함께 나아가자고 했다.

이도윤은 시 「판문점」에서 말한다. "아기가 첫발을 내디딜 때/마땅한 그 일에 나는 환호하였다"고. "서로 손잡고 웃으며/당연함에 대고 절하는 날이 되었다"고. 시는 이처럼 관대하고 겸허하다.

거기가 네 것인가. 여기가 내 것인가. "우리는 우주에 떠서/서로 광활하다/돌아다보지 마라/마침내 만날 바다에 너를 띄울 때까지"(「강가에서」). 생명의 갈증이 마시게 하고, 돌아다보지 않고 흘러 바다에 이르는 일. 다시 안개로 피어올라 구름이 되고 비로 땅에 돌아와 샘이 되고 강이 되어 다시 바다에 이르는 지속 가능의 원리를 상징하는, 천지에 가득 찬 비를 좋아하는 시가 있다. 그 비가 자연공간뿐 아니라 지상의 역사적 현실에도 깊이 스며들어 당연한 일은 역시 당연하다고, 기적이 아니라고 시인은 말하고 있다

이도윤은 이제 문단의 중견 시인이다. 故 조태일 시인이 간행하던 『시인』을 이어받아 여러 해 동안 펴내기도 했다. 이러한 그가 막상 자신의 시집을 내는 데에는 너무 긴 간격을 두고 능장을 부리는 듯하기도 했다. 작품을 보면 시를 대하는 그의 안목은 빗발로 가득 찬 우주 공간을 향해 있고, 그의 감수성은 별들의 눈물인 아침 이슬로 세수를 하고 나오는 새들의 이야기를 들을 만큼 신선하니 행여 이 시인이 지상의 현실에서 초탈해버리고 마는 것이 아닌가 여기기도 했다. 특히 "돌아다보지 마라" 하는 말을 쓰고는 하는 데에서 그렇게 보였다.

그러나 시인은 시장자 외에 생활의 일터로 언론계에 몸담았다. 그곳에서 언론 자유를 위한 문제로 무보직의 의자 앞에 서서 여러해를 버텼다. 그러는 동안에 그는 「천사의 나팔

꽃」에서 「도보다리」에 이르는, 현장에 예민하게 동참하는 시를 써서 안주머니를 부풀리고 있었다. 그 결과물이 이번 시집이다.

시 「판문점」에서 "이날이구나 사람의 첫발"이라 했고 「도보다리」에서 좌우는 균형이 아닌 "얼씨구절씨구로 날아올랐"던 날개라고 했다. 아직도 한반도 남북의 민족 문제는 곡절의 시간을 지나고 있다. 그러나 한가지 분명한 것은 당연한 역사의 길을 막을 수는 없으며 판문점의 도보다리 걷기는 역사의 '첫발'이라는 점이다.

> 하늘이 너무 멀어 그릴 수 없다
> 하늘이 너무 깊어 그릴 수 없다
>
> 내가 걸어 다니는 땅
> 여기에 새순이 돋아나고 여기에 해가 뜬다
>
> ―「여기」 부분

이 당연한 삶을 전개해야 한다. 적폐의 비인간적인 전략과 미래예측결정론에 관계없이 우리의 삶은 '지금 여기'에서 하늘을 향해 자라나는 새싹과 줄기를 지켜내야 한다. 바로 여기에 이도윤의 이번 새 시집이 우뚝하게 솟아 있다.

이도윤은 역사 현실 속 전형적 사건들을 마주하며 조금도 피하지 않고 시로 대응했다. 세월호 침몰, 광화문 촛불혁명, 남북 정상의 판문점 도보다리 걷기를 거쳐 12·3 계엄 내란 문제에 이르렀다.

역사의 흐름은 잠시라도 멈추지 않는다. 그리고 그 흐름은 단 한순간도 되풀이되는 일이 없다. 폴란드의 시인 쉼보르스카는 그의 시 「두 번은 없다」에서 이러한 사실을 말하고 있다. "반복되는 하루는 단 한 번도 없다/두 번의 똑같은 밤도 없고,/두 번의 한결같은 입맞춤도 없고,/두 번의 동일한 눈빛도 없다."* 이것이 바로 인간 존재의 여건이다. '지금 여기'의 소중함이다.

스스로 눈을 찌른다
귀를 찌른다
어찌 나뿐이랴 티브이도
색을 찌른다 신문도 확성기도
노래노 목을 찌른나
아침이 아침을 지우고
해가 해를 지운다

* 비스와바 쉼보르스카 『끝과 시작』, 최성은 옮김, 문학과지성사 2016.

나무가 새를 날리고
바람이 깃발을 날릴 때
입은 말을 뱉어내고
말은 마침내 신음이 된다
심장에 끓어 터져야 할 화산이 된다
혁명이란 저절로 솟아나 한꺼번에 밀고 가는 것
눈물과 노래로 너의 손을 맞잡을 때
개벽이 개벽을 무너뜨릴 때까지
지금 다시 개벽이다

—「다시 부르는 광장의 노래」 전문

12·3 계엄 내란 사태를 다룬 이 시는 "지금 다시 개벽이다"로 끝난다. 응축된 내면 의식의 표현이다. "스스로 눈을 찌른다"라고 했고 "다시 개벽"이라고 했으니 눈먼 자의 자기모순이 저지른 재앙의 내란 이후 사필귀정의 개벽이 다시금 온다는 것이다.

역사의식을 몸통으로 하는 이도윤의 시들은 현실의 구체성으로 발단하지만 선동적 외침으로 발산하지 않고 내면 의식으로 가라앉아 조곤조곤하게 발화된다. 그 자신이 밝히고 있는 화법이다.

「천사의 나팔꽃」에서 물은 "수평"을 유지한다고 한다. 「촛불 일기」에서는 광화문 광장, 민주화 시위의 횃불을 "지상에 뜬 별"이라고 한다. 북극성을 비롯해 별은 방향을 알린다.
「판문점」에서는 판문점 도보다리를 "아기가 첫발을" 내딛
는 발판이라고 한다. 그리고 「다시 부르는 광장의 노래」에서
는 결국 내란이 개벽을 초래한다고 한다. 이렇게 발설하기
전 내면에 먼저 가라앉는, 조곤조곤 덧붙이는 말이 모두 '자
연의 원리'이며 존재의 근원이다.

시의 명분과 수확이 소중해도 작품마다 금싸라기이기도
힘들다. 맨발로 논바닥에서 거둔 이삭들은 그 나름으로 질
박한 다양성으로 거둘 일이다. 시대의 어려운 곡절들을 비
켜가지 않고 감당해 긍지로 나누는 시집을 만나게 되어 반
갑다.

具仲書 | 문학평론가

속도가 빨라질수록 세대의 그림자는 짧아지고 늙음의 호흡은 거칠어진다. 나는 지금 빠른 빛처럼 소멸하고 있다.

보이지 않는 것이 보이는 세계를 밀어 올리고 보이는 것은 어둠 속 씨앗을 틔운다. 이 순환을 바라보다보면 사라진 것들이 새로운 빛으로 돌아와 우리의 풍경을 흔든다.

세계는 각자의 우주를 품고 끝없이 갈라지지만 흩어진 지성이 서로의 불빛을 건너다볼 때 하나의 기준이 태어나고 그 위로 비로소 우리의 상식이 눕는다. 비록 그 상식마저 흔들려도 보이지 않는 사유의 힘으로 우리는 끝내 나아갈 것이다. 문학은 그 길목에 머무르며 서늘한 어둠을 태우는 작은 불씨다.

나의 시 또한 누군가의 마음에 닿는 순간 이미 나를 떠나 그의 목소리로 다시 피어날 것이다. 그러니 당신은 나에게서 시작해 나보다 멀리 자라난 존재다.

20년 만에 내는 시집이라 걱정이 앞서는데 위로해주시며 졸시를 엮어 시집을 만들어주신 창비와 추천사를 써주신 정희성 선생님, 그리고 구순의 연세에도 해설을 써주신 구중서 선생님께 감사와 존경의 말씀을 올린다.

2025년 12월
이도윤

비가 시를 고치니 좋으리

초판 1쇄 발행 / 2026년 1월 2일

지은이 / 이도윤
펴낸이 / 염종선
책임편집 / 이주원 박지영
조판 / 신혜원
펴낸곳 / (주)창비
등록 / 1986년 8월 5일 제85호
주소 / 10881 경기도 파주시 회동길 184
전화 / 031-955-3333
팩시밀리 / 영업 031-955-3399 편집 031-955-3400
홈페이지 / www.changbi.com
전자우편 / lit@changbi.com

ⓒ 이도윤 2026
ISBN 978-89-364-2860-0 03810